W0345134

ISBN 978-2-211-22035-4

© 2014, l'école des loisirs, Paris, pour la présente édition dans la collection « Maximax »
© 2003, Albin Michel Jeunesse, 22, rue Huyghens – 75014 Paris
Loi 49-956 du 16 juillet 1949 sur les publications destinées à la jeunesse : second semestre 2003
Dépôt légal : novembre 2014
Imprimé en France par Gibert Clarey Imprimeurs - 37170 Chambray-lès-Tours

Édition spéciale non commercialisée en librairie

Fred Bernard - François Roca

l'Homme Bonsaï

« **D**es branches, un tronc, la mer,
la mer, un tronc, des branches.
Voilà qui défilait devant nos yeux ronds. De haut en bas et de bas en haut, au rythme de la houle. Entre les rafales salées, les déferlantes, le souffle de la tourmente, le brouillard liquide, entre le vacarme de l'océan et celui du ciel, un arbre gigantesque nous narguait. Tous réunis sur le pont du *Narval*, tous loin de chez nous, loin des nôtres, à cent mille milles de la terre la plus proche, perdus au cœur de la plus grosse tempête que j'aie connue. Nous montions quand l'arbre s'enfonçait. Il s'élançait vers la foudre tandis que nous retombions dans le creux de la vague vertigineuse.
La mer, un tronc, des branches,
des branches, un tronc, la mer.
Il ne s'agissait pas d'une hallucination collective. En vérité je vous le dis, même si mes hommes et moi étions épuisés, même si l'air était empli d'eau, d'électricité et de furie, nous ne rêvions pas ! »

Le capitaine O'Murphy frappa la vieille table de bois d'un poing rageur, renversant son verre de rhum. Les derniers clients du Homard manchot, patibulaires, restaient suspendus aux lèvres rouges et gercées qu'entourait une broussailleuse barbe rousse. La flamme de la lampe et les pupilles du capitaine O'Murphy tremblaient, et un nuage dans ses yeux obscurcit le bleu de son âme. Il se leva, portant son ombre jusqu'au seuil de la porte franchi voilà des heures, à la nuit tombante.

« Inutile que je continue si vous ne me croyez pas, inutile que je perde mon temps, inutile que je reste ici une minute de plus ! »

Dans le lourd silence du Homard manchot, O'Murphy se rassit. Seuls respiraient les bruits assourdis du port, discrets et polis. Le capitaine reprit le cours de son récit :

« Arbre à tribord ! Après le passage du typhon, sur la mer au petit jour se découpait la silhouette d'un navire arborescent. »

Planté dans la coque d'un vieux vaisseau, enchâssé entre les mâts brisés et les cordages, se dressait un arbre superbe et fier. Les hommes du *Narval* plissaient les yeux sur le majestueux végétal, quand le capitaine O'Murphy ordonna que l'on mette une chaloupe à la mer.

C'était le matin du 24 avril 1894. Les mouettes suspendaient leur vol.

Deux matelots suivirent le capitaine sur le pont du vaisseau, jusqu'au pied de l'étonnant voyageur. Les racines de l'arbre plongeaient dans les entrailles du bateau et avaient depuis longtemps soulevé et vrillé planches et madriers. Les branches avaient arraché les vergues, tranché les haubans et s'élançaient vers le ciel, immenses. Le capitaine s'interrogeait en silence.

« Enfin, vous voilà ! Qui que vous soyez, vous êtes bienvenus ! » dit l'arbre. O'Murphy recula. Les deux matelots auraient eu tôt fait de rejoindre la chaloupe si le capitaine ne les avait retenus.

« Qui se cache ici ? Qui commande ce jardin flottant ? »

Les trois hommes firent trois fois le tour du tronc, visitèrent les coursives du vaisseau où couraient les membres noueux de l'arbre.

« Je suis seul à bord, dit l'arbre. Enfin nous sommes quatre à présent et voilà bien deux cents ans que je n'ai pas reçu de visite ! »

Ce jour-là, le jour de l'arbre, le capitaine O'Murphy crut qu'il avait perdu la raison ou la vie pendant la tempête. Dans quel monde les arbres parlaient-ils ? Sur quelles mers du globe les arbres naviguaient-ils sur des vaisseaux du XVIIIe siècle ?

« Je vous dois quelque explication si je ne veux pas vous voir fuir mon vaisseau fantôme, dit l'arbre. Sortez donc un fauteuil du carré des officiers et installez-vous confortablement, capitaine. J'ai une requête. Mais avant, je vous prie de renvoyer vos hommes et votre chaloupe. Il est préférable pour eux que nous restions seuls.

– Allez chercher trois fauteuils », dit le capitaine à ses deux matelots.

Et il renvoya la chaloupe.

« Je préfère garder avec moi deux témoins. C'est la première fois qu'un arbre m'adresse la parole. Je ne voudrais pas être pris pour un fou.

– Comme vous voudrez. Après tout, cela n'a aucune importance pour moi. »

Le capitaine prit place devant ses deux hommes et, jambes croisées, bourra sa pipe, tête levée vers la cime de l'arbre comme pour parler à un géant :

« Eh bien ?

– Je m'appelle Amédée. Mon patronyme ne vous dirait rien.

– Amédée, l'arbre marin donc ! » lança le capitaine en se tournant vers les matelots, un sourire crispé barrant son visage.

O'Murphy savait maintenant qu'il ne rêvait pas. Ses deux marins ahuris entendaient l'arbre eux aussi, souriaient de la situation sans piper mot. Le capitaine jeta un œil au *Narval* où brillait le verre des longues-vues. Il les rassura d'un signe.

« D'abord j'étais Amédée le Potier, j'exerçais ce noble métier de la terre avant d'être enrôlé sur les mers. Ensuite on m'enivra. On m'arracha à mon tour. Et pour tous les miens, je disparus à jamais. »

O'Murphy soupira et souffla une bouffée de sa pipe par les narines. Les histoires d'embarquement forcé ne le passionnaient pas. Et surtout, il ne voyait pas le rapport entre l'arbre et le potier.

« Je dus, tant bien que mal, partager la vie et le travail des marins au long cours. Tandis que notre bateau de commerce reprenait la route de mon beau pays, des pirates nous ont attaqués. Ils massacrèrent ceux qui résistaient et prirent les autres avec eux. J'étais de ceux-là. Très vite, je regrettai mon choix. Cette brute de capitaine Stroke et son équipage de chiens me désignèrent immédiatement souffre-douleur. Tous aboyaient après moi chaque jour que Dieu faisait. J'étais accusé de tous les maux de la mer. Ils m'injuriaient. Ils me frappaient. Pour un larcin que je n'avais pas commis, ils me mutilèrent avant de me surnommer Quatre-Doigts.

Sans personne pour me soutenir ni à qui me confier, je me terrais, plein de peur et de colère, attendant le moyen de fuir, de me venger peut-être.
Un jour, le capitaine Stroke m'accusa à tort d'avoir tranché la gorge du quartier-maître.
J'avouai pour en finir, espérant que l'on me passerait la corde au cou. Stroke manqua me tuer de ses propres mains et décida finalement de m'abandonner sur la première île déserte.
Après un mois à fond de cale, on me jeta sur une plage avec un fusil, un peu de plombs, une poire à poudre et un tonnelet d'eau. Bien que soulagé, je pleurais de rage. Stroke et ses pirates riaient, me maudissaient en me souhaitant bonne chance.
Perdu en mer de Chine, seul sur un rocher que surplombait un arbre colossal, je me mis en quête du ravitaillement. Je trouvai une source claire, dénichai des oiseaux et pêchai des ormeaux. De bateau à l'horizon, point. Je goûtais la paix retrouvée, sûr que l'on finirait par me tirer d'affaire. C'était sans compter l'arbre. »

Le capitaine O'Murphy serra les dents sur sa pipe et se retourna encore une fois : ses deux hommes étaient toujours là, le *Narval* aussi.

« Un jour que je passais sous l'arbre géant de mon île, quelque chose tomba dans mes cheveux collés par le soleil et le sel. Je glissai mes doigts dans ma tignasse et continuai mon chemin. Je cherchais du bois mort pour le feu que j'allumais chaque soir. À la nuit tombée, ce quelque chose s'était incrusté dans ma tête.
Quelque chose que je ne pouvais retirer de mon cuir chevelu sans faire couler le sang. Je grattai cette petite bosse que je pris d'abord pour une écharde.

Le lendemain, une graine avait germé et une plante minuscule déployait deux feuilles. J'essayai de l'arracher avec la lame de mon couteau. En vain. De mes ongles noirs, j'effeuillai la mauvaise herbe mais elle repoussait, toujours plus vigoureuse. Tout ce que je mangeais semblait nourrir la plante. Le petit arbre prenait rapidement possession de mon crâne et faisait courir ses racines sous ma peau. Un à un tombèrent mes poils, mes cils, mes sourcils et mes cheveux. Et seul se dressait sur ma tête nue cet arbrisseau qui me faisait de l'ombre et des désagréments. Comme habité par un ver solitaire, je me voyais maigrir malgré de solides repas. Plus je mangeais, plus l'arbre grandissait, et plus je faiblissais. À bout de force, j'essayai encore et encore, avec mon couteau, de couper l'arbre, d'extraire ces racines qui gagnaient à présent mon cou et ma nuque. Je m'effondrai inanimé. Combien de temps ? Je l'ignore. Un bateau est arrivé…

– Celui du capitaine Stroke ? demanda O'Murphy, se tortillant dans son fauteuil vermoulu.

– Non. Une jonque. Des pirates chinois accostaient l'île avec l'intention d'y cacher leur butin. Ils me trouvèrent dans le sable à demi mort, mon arbre sur la tête. Ils me prirent à leur bord et me soignèrent. Le plus vieux se présenta avec de petits outils sombres et tranchants.

Méticuleusement, il commença de tailler l'arbre. Jour après jour, l'équipage chinois me visitait avec respect tandis que je reprenais des forces.

– Je pensais que les pirates de la mer de Chine ne faisaient jamais de prisonniers ? » lâcha le capitaine O'Murphy dans le vent léger.

L'arbre frissonna.

« Vous ne comprenez pas, capitaine. Je n'étais pas leur prisonnier. J'étais un butin. Ils prenaient grand soin de moi. J'avais la plus belle cabine de la jonque, et ils m'y gardaient à l'abri des abordages et pendant les escales. Je ne m'en plaignais pas. Ils me nourrissaient de mets délicats. Ils me couvraient des plus belles étoffes. Le vieux Chinois m'effeuillait, m'ébourgeonnait, m'ébranchait, m'écimait, m'éclaircissait, m'écorçait, m'élaguait. À mesure que l'arbre se tordait et se pliait, un bien-être infini m'emplissait, une force colossale. La sérénité, la puissance de l'arbre passaient en moi, gonflant mes tissus, bandant mes muscles. Mes sens s'aiguisaient, mon acuité grandissait.

Stupéfié, je vis lentement repousser mes doigts tranchés. Si je ne comprenais pas leur langue, je savais que les Chinois ne s'intéressaient pas à Amédée mais au phénomène. Ils m'admiraient et me craignaient.

Quand le vieux Chinois entra dans ma cabine un sabre étincelant à la main, je ne m'inquiétai pas. Il passa ses doigts sur mon visage, fermant mes paupières. D'un coup, je sentis l'éclair glacial de la lame. J'ouvris les yeux sur mon ventre.

Aucune douleur. À l'instar d'un couteau qu'on aurait posé sur ma langue, je ne sentais que le froid du métal dans mes entrailles. Le vieux Chinois tenait le manche et souriait. Je lui rendis son sourire et il retira la lame de mon corps. La plaie se refermait lentement tandis qu'un liquide incolore et visqueux s'en échappait. Pas du sang, de la sève. Pas de vilaine croûte ni de cicatrice, mais une légère scarification. Un rire énorme et caverneux monta dans la cabine. Pour la première fois depuis longtemps, je riais.
Le vieux Chinois satisfait me fit signe de le suivre sur le pont où l'équipage était rassemblé. Il fallait dix hommes pour hisser la grand-voile. Je dus la hisser seul. On me demanda de soulever un canon. J'en soulevai deux à bout de bras. Je fis tournoyer l'ancre au bout de sa chaîne. Elle creva les eaux à une encablure. Je la ramenai à moi comme un enfant tire un jouet à roulettes. Je riais et les Chinois exultaient. Ils organisèrent une fête à bord avec feux d'artifice, lampions et pétards. Je caressais doucement le feuillage de mon arbre sous la lune quand le vieux Chinois s'approcha et lâcha : “ À présent, vous êtes prêt. ”

Le capitaine O'Murphy, la main sur le ventre, se retourna vers le *Narval*. On y avait allumé les feux car le soleil déclinait déjà. Ses deux hommes s'étaient assoupis dans leur fauteuil Louis XV. « Imbéciles ! » grommela-t-il. Il les réveilla d'un coup de casquette sur les genoux et la revissa sur sa tête. « Pensez à vos enfants quand vous leur conterez cette histoire, bon Dieu !

– Ils ne me croiront jamais, dit l'un.

– Je n'ai pas d'enfant », dit l'autre.

Les deux marins se redressèrent pourtant, et le capitaine soupira : « Excusez-les, la tempête de la nuit dernière les a rincés. Ainsi le vieux Chinois parlait votre langue…

– Malin le vieux, reprit l'arbre, et très pragmatique. Il me proposa un marché. Dorénavant, je participerais aux attaques et divers abordages, offrant ma force herculéenne. En échange de quoi, il continuait à entretenir savamment la taille de mon arbre et ma vie qui en dépendait. Ce marché n'en était pas un. J'étais considéré et traité comme un trésor vivant. Les pirates chinois m'initièrent aux arts martiaux et cédaient à tous mes caprices. Je répartissais les tâches et les richesses, je choisissais notre destination, les menus et les femmes que nous laissions monter à bord, j'organisais les bamboches. L'on mit à ma disposition tour de potier et bonne terre. Je retrouvais ainsi l'Amédée d'antan, j'acquérais les techniques asiatiques. Je maîtrisai rapidement leur art et tournai des pots et des bols pour le plus grand bonheur de l'équipage. En compagnie des Chinois, je me payais du bon temps. Nul ne résistait aux abordages, et bien souvent les vaisseaux attaqués se rendaient à ma seule vue. Planté droit à la proue de notre jonque, bras croisés, mon petit arbre dans le vent, je les interpellais d'une voix tonitruante, les sommant d'affaler la toile. Lors des combats, je me lançais le premier dans la bataille. Les plombs et les lames ne m'arrêtaient pas. Je me battais avec rapidité, légèreté et souplesse, broyant tout et tous sur mon passage, terrifiant ceux à qui nous laissions la vie afin qu'ils colportent la légende de l'Homme-Bonsaï.

Après chaque lutte, mes plaies se refermaient doucement, froides pour les lames, chaudes pour les plombs. Le vieux Chinois me tatouait sur la peau des prières et des poèmes guerriers.
“ Qui triomphe de son ennemi est fort. Mais qui triomphe de lui-même possède la force. ”
Tout mon corps en fut bientôt couvert, me rendant plus effrayant encore. Sur ma tête chauve trônait mon puissant petit arbre de vie. Je me trouvais beau, indestructible.

– Capitaine ! Regardez ce que j'ai trouvé ! »

Un des matelots, qui s'était levé pour ne pas s'effondrer de fatigue, rapportait sur un plateau d'argent noirci trois verres de cristal gravé et une bouteille sans âge.

« À la bonne heure ! » s'exclama O'Murphy.

Et les trois hommes firent salon au pied de l'arbre conteur.

« Vous avez de la chance, dit l'arbre.

– Oh, dis. Tu as l'air d'en avoir bien profité ! » rétorqua un matelot.

L'arbre se mit à vibrer, secouant le vaisseau tout entier, et lança avec une puissante voix d'outre-tombe : « J'aimerais plus d'attention et de respect à l'aube de ma dernière heure ! »
Recroquevillés au fond des fauteuils, leur verre tremblant à la main, les deux matelots baissèrent les yeux. Dans un souffle, l'arbre gronda : « Sur fond noir, je le reconnus immédiatement ! Le chien blanc ! Avec sa grosse tête de mort, tenant dans ses crocs un poignard ! Le pavillon du capitaine Stroke !

L'heure de la vengeance avait sonné ! Je hurlai qu'on rattrape le vaisseau qui, nous ayant aperçus, filait sous le vent toutes voiles dehors. Une lunette nous renvoyait de rapides éclats, et je sus qu'il m'observait. Il tremblait, le chien ! Fuyant la jonque de l'Homme-Bonsaï, il gueulait ses ordres. Trop tard !

Quand nous fûmes assez près, il reconnut Amédée. Il sut qu'il allait mourir : " Quatre-Doigts ! Vieux frère, c'est bien toi ! Tu es vivant ! Ça fait plaisir, il y a si longtemps ! "

Je tendis les bras et déployai mes dix doigts devant son visage décomposé. Il s'empara d'un fusil chargé jusqu'à la gueule, visa la poitrine. Les plombs brûlants frappèrent ma chair tatouée et tombèrent sur le pont.

" Nom de Dieu ! Amédée, je t'ai appris le métier. Tu ne peux pas me tuer. Je t'ai épargné, souviens-toi Amédée ! "

Je restais muet, comme un arbre.

D'un bond, je fus dans sa mâture. Je déchirai son pavillon en menus morceaux. Branle-bas de combat pour les hommes du capitaine Stroke : les uns faisaient feu sur moi, les autres, sabre au poing, me rejoignaient dans les haubans. Un à un je les jetai à la mer. Suivant mes instructions, la jonque filait à mes côtés et les Chinois, accoudés à tribord, miraient la scène en silence. Je me laissai tomber sur le pont face à Stroke.

Il fit un pas en arrière, planta son sabre dans mon ventre et connut l'émoi du vieux Chinois, le sourire en moins, la peur en plus.

Stroke courut se réfugier dans sa cabine en criant à ses hommes de m'achever sur-le-champ.
En un tour de bras, je les balançai tous aux requins et, sans plus attendre, commençai de démonter ce maudit bateau qui avait gâché la vie d'Amédée le Potier. Méthodiquement, je jetai à la mer les vergues et les mâts, les voiles et les haubans. Je fracassai les balustres et les coursives. Je fis voler les canons et les boulets. Je tordis l'ancre et brisai sa chaîne.
Le capitaine Stroke attendait la mort et observait Amédée le Quatre-Doigts, transfiguré par l'arbre, détruire son fier vaisseau pièce par pièce.
J'entrepris de l'effeuiller planche à planche, de l'éclaircir clou par clou – tandis qu'à l'intérieur pleurait et suppliait le capitaine Stroke. Je le regardais geindre par le hublot et pensais au plaisir de le broyer de mes mains. Il fixait l'arbre sur mon crâne. Je souris devant sa grimace.
Il ne resta bientôt plus rien de la cabine autour du capitaine Stroke prostré, recroquevillé, la tête dans les mains, petit rat apeuré sur un pont dévasté. J'étais debout dans la lumière, et lui gisait misérable dans mon ombre. Je fis signe aux Chinois d'envoyer les grappins. Les deux bateaux se touchaient. Je sautai dans la jonque en demandant à mes hommes de l'achever sur-le-champ. Le vieux Chinois traduisit mon ordre et ils se ruèrent sur le capitaine Stroke. »

Le capitaine O'Murphy et les deux marins, blêmes, se taisaient. Ne couraient-ils pas un réel danger à écouter cet arbre dont ils ignoraient l'essence et qui s'appelait Amédée le Potier ?

« À l'approche de l'hiver, je m'inquiétai. Non, mes feuilles ne tombaient pas, ni ne jaunissaient. Mon petit arbre rayonnait de santé, alors que je commençais à souffrir dans ma chair. D'abord je n'y prêtai pas attention, trop occupé à savourer ma victoire et à jouir de la vie. Les attaques succédaient aux abordages, les festins aux banquets. Bientôt je ne pus plus ni manger ni boire comme les Chinois sans être assailli par de terribles crampes. Mes muscles se contractaient, durs comme du bois. Mon dos me brûlait, chaque mouvement provoquait de vives douleurs. Seuls les talents de trois masseuses expertes soulageaient mes maux. Le vieux Chinois me mit à la diète : un peu de terre et de l'eau.

Les crises s'espacèrent et je commençai à prendre du plaisir à voir Amédée le Potier ingurgiter à la baguette de la terre humide dans ses bols délicats. J'en goûtais les différentes saveurs : terre du continent, terre des îles de mer de Chine ou du Pacifique. Les courbatures et les inflammations calmées, mon cœur espaçait ses battements. Malgré les prescriptions du vieux Chinois, j'étais nerveux avant les combats, diminué pendant, épuisé après. Je restais allongé des jours durant. Le vieux Chinois à mon chevet, je sentais venir la fin.

Un matin de mars, je fus réveillé par les derniers vacarmes d'un combat auquel je n'avais pas été convié. Je m'étais rendormi lorsque le vieux Chinois vint, une fois encore, tailler mon petit arbre. Les hommes m'attendaient, rassemblés comme au premier jour sur le pont. On dut me porter. À la jonque était amarré un grand vaisseau de commerce. Un de ces navires qui transportaient les épices et des arbres exotiques vers la vieille Europe. Son équipage avait été massacré, et les Chinois avaient jeté les pots et les jeunes arbres par-dessus bord. Seule la terre avait été conservée et soigneusement étendue à fond de cale.

Le vieux Chinois dit : “ À présent, vous êtes prêt pour le dernier voyage et votre bateau est avancé. ”
Un trou fut creusé dans la terre du tombeau. Je n’opposai aucune résistance quand on tassa soigneusement la terre sur mes épaules. Je me tenais debout, enseveli jusqu’au cou. Le petit arbre et moi fûmes parcourus d’un long frisson lorsque les Chinois nous saluèrent respectueusement avant de quitter le navire et de trancher les amarres qui nous liaient à la jonque.

– Cet arbre, c’est vous, Amédée le Potier. » Le capitaine s’était approché et avait posé ses deux mains à plat sur l’écorce. Puis il colla sa poitrine et une oreille sur le tronc énorme. Il lui sembla qu’un lent battement, sourd et régulier, résonnait à l’intérieur. « Que puis-je faire pour vous, Amédée ?

– Quel âge avez-vous, capitaine ? demanda l’arbre.

– Cinquante-sept ans.

– Et vos deux matelots ?

– Ils n’en ont pas vingt.

– À vingt ans, on ne peut pas savoir ce que sont presque soixante années de vie. J’en ai plus de deux cents et mon âme ne peut le supporter. Amédée ne peut plus penser ni songer. J’erre sans attaches. Depuis deux siècles, bercé par la respiration de la mer, je compte sur les tempêtes pour en finir. À chaque orage, je tends mes branches aux éclairs dans l’espoir d’être foudroyé. S’il vous plaît, mettez le feu à ce vaisseau. Je veux brûler tout entier, capitaine. »

Les trois hommes se recueillirent au pied de l'arbre avant de quitter le bateau fantôme. Ils ne sentirent pas trois petites graines leur tomber sur la tête. Le capitaine O'Murphy appela la chaloupe et ils regagnèrent le *Narval.*

« Mon équipage et moi avons longtemps regardé l'arbre en feu. Les flammes léchaient la ramure et envahissaient le vaisseau tout entier. Je donnai l'ordre de hisser les voiles. Le *Narval* reprenait sa route tandis que sombrait lentement l'arbre. Sans moi pour vous les conter, la vie et l'incroyable destin d'Amédée le Potier seraient partis en fumée. »

Les clients du Homard manchot, abasourdis, regardaient le dos du capitaine O'Murphy, debout face à la fenêtre et à l'aube naissante. Souriant, il se retourna, son verre de rhum à la main : « Le *Narval* mena sa cargaison de thé à bon port. Mais les deux matelots qui, comme moi, avaient écouté l'histoire d'Amédée le Potier ne touchèrent jamais la terre ferme. À cause d'un petit arbre qui leur poussa chacun sur la tête et que je ne réussis pas à tailler convenablement. Je ne suis pas chinois. Et si je vous parle aujourd'hui de cet arbre, dit O'Murphy en tapotant sa casquette de la main, c'est que les mauvaises graines s'attaquent aux matelots. Pas aux capitaines. »